化敌为友的书信大战，胜过100堂写作课！

一封来自
猫咪的战书

1

〔美〕多里·希勒斯塔·巴特勒◎著

〔美〕凯万·阿特贝里◎绘　　苏姝雅◎译

北京科学技术出版社
100层童书馆

献给安迪，还有西蒙（有史以来最好的猫咪！）。

——多里·希勒斯塔·巴特勒

献给我的笔友。也献给美国邮政署，感谢它令这一奇迹发生。

——凯万·阿特贝里

西蒙

目 录

巴克斯特

他们不会
……

第 一 章
不需要

寄信人地址：
西蒙的书桌

亲爱的狗：

　　我得知你想与我一起照顾我的小主人安迪。谨以此信通知你，我们不需要。我与安迪一家一起生活了很多年，更愿意独自照顾他。请你另找别人吧。有很多人都需要宠物。

　　感谢你的关注。

真诚的，

西蒙

寄信人：西蒙

收信人：**狗**

收信人地址：湖滨公园大道123号

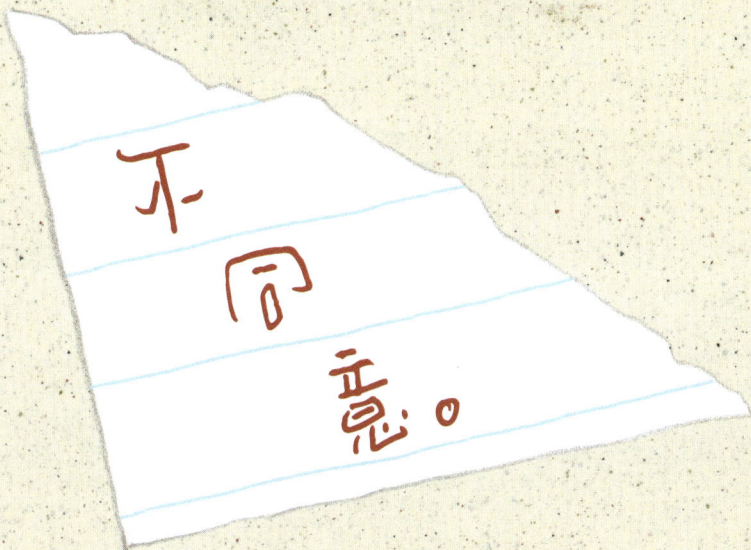

寄信人地址：

西蒙的书桌

亲爱的狗：

　　"不同意"是什么意思？你对现在的情况可能有些误解。

　　是的，很可惜安迪的父母分开了，他现在有了两个家。

　　但是，这并不意味着安迪需要第二只宠物。请你赶紧住进离你最近的宠物收容所。在那里，你将有机会认识很多优秀的人类朋友。你大可以慢慢来，从中挑选出一个适合你的主人。

　　谢谢。

真诚的，

西蒙

我已经选完了。
我选了安迪！
安迪也选了我！！
开心！！！

寄信人地址：
西蒙的书桌

亲爱的狗：

　　你不知道该怎么写一封像样的信吗？我可以原谅你没在信封上写收信人地址和寄信人地址，可你竟然在信中连称呼、结束语和署名都不写。

　　另外，请检查你写的字。是"已经"，不是"己经"。你想看看怎么正确地使用这个词吗？"安迪已经有一只宠物了！"算上泡泡的话，他已经有两只宠物了。

　　请你赶紧离开。

真诚的，
西蒙

好吧，好吧，我会给你写一封像样的信。

亲爱的西家，给我点儿时间。我正在学习写字。写字可真难！另外，你可以叫我"巴克斯特"。这是安迪给我起的名字。大家都说，一个人给你起了名字，就意味着你可以留下来了！开心！！

爱你的，
巴克斯特

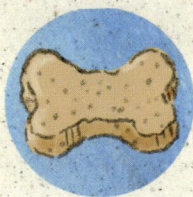

第二章
我们做朋友吧！

寄信人地址：

西蒙的书桌

亲爱的狗：

　　我更愿意称呼你"狗"。或者我叫你"野兽"吧。信写成这样，你不觉得很丢脸吗，野兽？

　　另外，安迪现在在流鼻涕，也许是对你过敏。如果他真的对你过敏，那你可不能留下来。很抱歉告诉你这个坏消息。

真诚的，
西蒙（我不叫西家）

亲爱的西家：

　　我为什么要觉得自己丢脸呢？

　　很高兴你想给我起一个昵称，这意味着你喜欢我。哈哈！但我可不是一只野兽。看，我有照片为证。还有，你别担心，我可以留下来！安迪的爸爸领养了我。你知道安迪和他爸爸一直想养一只狗吗？但是安迪的妈妈喜欢猫，拒绝了他俩的请求。你可真幸运！！！

　　安迪的爸爸说养我对安迪有好处，我可以教他承担责任，还将成为他在爸爸家的朋友。安迪需要更多的朋友。你知道的，他太内向了。

爱你的，
巴克斯特

　　FTS: 你知道吗？大家都说小狗需要小孩子，小孩子也需要小狗！

寄信人地址：
西蒙的书桌

亲爱的野兽：

没人说过那样的话！

此外，就算你已经被领养了，还有试用期在等着你，安迪的爸爸仍然可能把你送回去。或者，你可以主动离开。请你做出明智的选择吧。

最后，你应该写 P.S.，而非 F.T.S.。你到底为什么觉得应该用 F.T.S. 呢？P.S. 是 post script 的缩写，意思是"写在正文之后""附言""又及"。

P.S. 也可以是 Please Scram（请走开）的缩写。

真诚的，

西蒙（再说一次，我不叫西家！）

邮件

亲爱的西豪：

　　我以前不知道 PS 的意思，谢谢你告诉我。FTS 是 Forgot To Say（忘了说）的缩写。要是你不介意的话，我就继续用 FTS 了。用 FTS 比 PS 更好，你不觉得吗？

　　随信附上我的牛肝饼干。

爱你的，
巴克斯特

FTS：我们做朋友吧！

寄信人地址：
西蒙的书桌

亲爱的野兽：
　　很遗憾，我们不能做朋友。

真诚的，
西蒙

纸巾

第三章
安迪流鼻涕了

寄信人地址：

西蒙的书桌

亲爱的野兽：

安迪流鼻涕流得更凶了。他现在还打喷嚏、咳嗽。显而易见，他对你过敏。因此，我还是觉得你必须换一个家庭生活。这关乎安迪的健康。

严肃的，
西蒙

西豪：

　　放轻松，安迪只是感冒了，没什么大事。他可能是被他的新朋友诺亚传染的。诺亚一直在打喷嚏。

　　安迪有了新朋友，这不是很好吗？诺亚就住在隔壁。有一天，我看见诺亚在外面玩儿，就跟他说："嘿！来见见我的小主人安迪！"他就过来了！现在他们是朋友了！开心！他们都喜欢玩桌上游戏和电子游戏。

　　诺亚叫安迪"安安侠"，安迪叫诺亚"诺诺侠"，他们会一起跳舞。也许你应该叫我"巴巴侠"，我叫你"西西侠"，我们也可以一起跳舞，像安迪和诺亚一样成为朋友！开心！

　　随信附上我的牛肝饼干。

爱你的，
巴巴侠

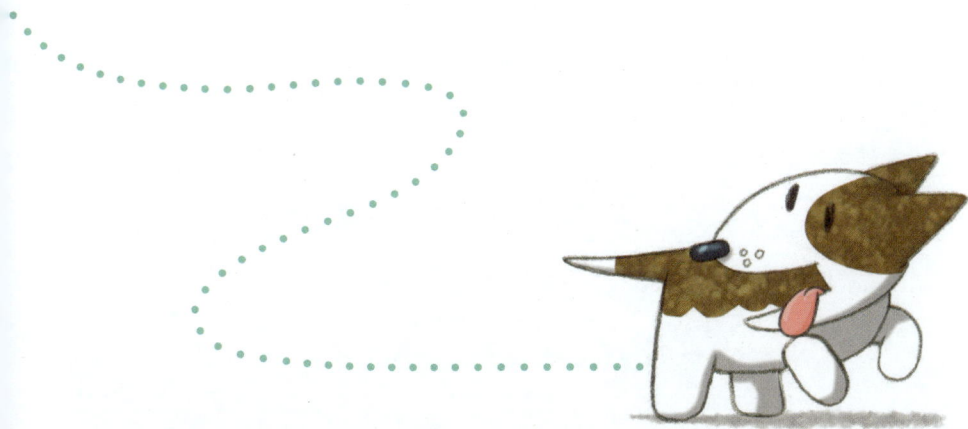

西蒙的书桌

亲爱的野兽：

　　我不跳舞。另外，我不会叫你"巴巴侠"，也请你不要叫我"西西侠"。我已经告诉过你了，我们不可能做朋友。

　　今天下午安迪的妈妈会带他去看医生。她一发现安迪对你过敏，你就得离开！被赶出去的时候小心点儿，别撞门上。

坚定的，

西蒙

亲爱的西豪：

　　我和你说过了！安迪只
是感冒了！医生说过几天他
就会好起来。开心！

就听你的，我们不做朋友。但我们得弄清楚怎么分享安迪。我敢肯定你擅长陪他做作业和做家务，而我擅长玩儿，比如出去玩儿！我就喜欢出去玩儿！开心！

这样安排怎么样？你确保安迪完成作业，我确保他玩得高兴！

成交？

爱你的，
巴克斯侠

西蒙的书桌

亲爱的野兽：

　　不要叫我"西豪"！

　　安迪感冒的时候，别让他出门。

　　我想告诉你，我和安迪在屋里也可以做各种各样有趣的事。我们观看教育节目、整理棒球卡。有时候，我们玩追光点的游戏都玩疯了。

　　请你明白，安迪是我的小主人，我不愿意和你分享！

不爽的，

西蒙

第 四 章
救兵臭臭

亲爱的西豪:

　　好消息！安迪的感冒好了！开心！你知不知道安迪几乎不会投球？他那么喜欢棒球卡，却不会投球。

　　我明白了。他父母很忙，你也不喜欢出门，所以没人教安迪打棒球。但我喜欢出去玩儿！开心!! 出去玩儿!!! 我会教他打棒球！你不用谢我，这是我的荣幸。

　　看到了吗？这就是为什么安迪需要我们俩。随信附上我的牛肝饼干。

爱你的，
巴克斯特大师

　　FTS: 你如果不想叫我"巴巴侠"或者"巴克斯侠"，那叫我"巴克斯特大师"怎么样？安迪有时候就这么叫我！这是他给我起的昵称！开心!!

寄信人地址：

西蒙的书桌

亲爱的野兽：

我为什么要谢你？昨晚，安迪明明应该在他爸爸家写读后感，他却忙着和你玩儿，一个字也没写！你对安迪的影响很坏，野兽！

我警告你，如果这周末你还不离开，我不得不对你采取严厉举措了。请你别逼我这么做。

动真格的，
西蒙

噢，西豪！

安迪的读后感下周才交呢。他有的是时间。

你要知道，生活中有的是比写读后感更重要的事，比如玩儿！哈哈，玩儿！开心！！人类男孩每天需要三小时的玩乐时间！你知道吗？

随信附上我的牛肝饼干。

爱你的，
巴克斯特大师

西蒙的书桌

亲爱的臭臭：

　　我们有麻烦了。一只狗和我小主人的爸爸生活在一起。他们住在湖滨公园大道123号。我相信你和我一样对此感到不高兴。我尝试让他离开，但一直没有成功。你愿意试试吗？

对你充满希望的，
西蒙

亲爱的西蒙:

　　天哪! 可不能再来一只狗了。他们太爱管闲事了, 老是盯着窗外, 随时随地向他们的主人打小报告。

　　你知道的, 我去院子里不是去找麻烦的, 大多数时候只是要回家看我的孩子们。但是狗无论看到谁经过, 都会汪汪汪汪汪! 真让我头痛。只要能悄无声息地安全穿过安迪爸爸家的院子, 就算舍掉我这一身白条纹, 我也愿意干。我看看能不能把这只狗弄走。

　　　　　　　　　　　　你真诚的,
　　　　　　　　　　　　　　臭臭

第五章
安迪没写读后感的原因

亲爱的西豪：

　　你猜发生了什么？我昨天遇见你的朋友臭臭了。我们玩了捉迷藏。开心！捉迷藏！！但我觉得他不懂游戏规则。我一下就找到他了。他都没试着逃跑。

　　找到他的时候，我说："抓到你了！"你知道他做了什么吗？他转身，抬起尾巴，冲着我的脸放了一股臭气！！！我猜这就是你叫他"臭

臭"的原因。

　　总之，安迪和他爸爸不得不带我去看兽医。我知道你认识那位女士！她向安迪打听你的情况。安迪说你老是发脾气。大家听了哄堂大笑！

　　兽医说我得用番茄汁洗澡。她还给了我五块小饼干。开心！饼干！！你得到过这么多块小饼干吗？

　　我们去商店买了番茄汁。回家之后，我先在院子里泡了个超级、超级、超级久的番茄浴，又在屋里泡了个超级、超级、超级久的番茄浴。然后就到了我喜欢的毛巾擦干环节！我喜欢毛巾！开心！！

　　做这些花了安迪不少时间，所以你猜怎么着？他没写完读后感！而他明天就得交作业了。希望他别被老师批评。

值得高兴的是，安迪昨天在户外待了很长时间。哈哈，户外！开心!! 我也知道作业很重要。也许你应该教教臭臭怎么玩捉迷藏，这样安迪下次就能写完作业了。

　　对了，你如果不想叫我"巴巴侠"或者"巴克斯特大师"，就叫我"巴克斯"怎么样？

　　随信附上我的牛肝饼干。

爱你的，
巴克斯

FTS: 嘿! 这是我这辈子写过的最长的信了!

寄信人地址：

西蒙的书桌

亲爱的野兽：

　　你就是个扫帚星！绝对的扫帚星！

愤怒的，
西蒙

亲爱的西家：

　　什么是扫帚星呀？为什么你这么生气？

　　随信附上我的牛肝饼干。

爱你的，
巴克斯

寄信人地址：

西蒙的书桌

亲爱的臭臭：
发生了什么？我以为你在帮我解决问题呢。

你疑惑的，
西蒙

亲爱的西蒙：

　　我试过了。但很遗憾，我觉得那只狗会继续在这里生活。

你真诚的，
臭臭

第六章
咕噜……咕噜……

寄信人地址：
西蒙的书桌

亲爱的泡泡：

很高兴我们可以把我们之间的小误会抛在脑后。你好吗？和安迪爸爸一起生活感觉怎么样？

我听说一只野兽搬进了你们家。我很遗憾。你肯定和我一样不高兴。

我理解你没法离开鱼缸，所以没有太多选择。我也不怎么出家门。但是，我们一定能做点儿什么，好让那只野兽离开。或许我们可以合作？你有什么想法吗？

静候你的回复。

你真诚的，

西蒙

咕噜……

咕噜……

亲爱的西蒙：

　　误会？咕噜、咕噜、咕噜！你把头伸进鱼缸试图吃掉我算是误会？！咕噜、咕噜、咕噜！

　　不过，生命很短暂，所以我原谅你。

　　深呼吸，原谅你。咕噜、咕噜……

　　深呼吸，原谅你。咕噜……咕噜……

　　我承认巴克斯特刚来的时候我还挺担心的。咕噜……咕噜……他像疯子一样在家里跑来跑去，还有点儿毛手毛脚。咕噜、咕噜、咕噜……

　　我很担心他把鱼缸撞倒，但我觉得他够不着鱼缸。咕噜……咕噜……人类似乎挺喜欢他。咕噜……咕噜……所以他为什么不能留下来？咕噜……咕噜……

你的朋友，

咕噜……咕噜……

泡泡

寄信人地址：
西蒙的书桌

亲爱的泡泡：
　　因为我不想让他
留下来！

寄信人地址：
西蒙的书桌

亲爱的泡泡：
　　感谢你原谅了
我。……

43

寄信人地址:

西蒙的书桌

亲爱的泡泡:

　　感谢你原谅了我。同时我也想让你知道,我很担心你。你说那只野兽够不到鱼缸,但他会长大。而且狗不像猫,多数狗喜欢在水里玩儿。这可能对你不好。

担心的,
西蒙

咕噜……

咕噜……

亲爱的西蒙：

我不担心。咕噜……咕噜……我喜欢巴克斯特。咕噜……咕噜……他很有趣！

你知道吗？他会追着自己的尾巴跑。咕噜……咕噜……而且，他还能抓到自己的尾巴！你追过自己的尾巴吗？咕噜……咕噜……我无论怎么努力，都抓不到自己的尾巴。

你的朋友，

泡泡

第七章

不是我的错

亲爱的西豪：

　　希望你在见到安迪之前收到这封信。我想让你知道一切都不是我的错。安迪爬树，然后你猜怎么着？他摔下来了。

　　但他爬树了！开心！我觉得他之前肯定没做过这样的事。

　　随信附上我的牛肝饼干。

爱你的，
巴克斯

FTS：好好照顾安迪，现在他需要多一点儿关爱。

46

西蒙的书桌

亲爱的野兽：

　　安迪摔下来了？这就是你要说的？安迪不只摔下来了，还摔断了自己的胳膊！

　　我听说安迪和你玩球的时候，球卡在树枝上了。他是爬上去拿球，然后才摔下来的。这怎么就不是你的错了，野兽？你没接住球！你让他爬树！他掉下来了，你也没接住他。

　　安迪生病是你的错。安迪没做完作业是你的错。安迪胳膊断了也是你的错。野兽，你对安迪的影响太坏、太坏、太坏了！你必须离开。就现在！在事情变得更糟之前。

咬牙切齿的，

西蒙

咕噜……

咕噜……

亲爱的西蒙：

安迪和他爸爸都很伤心。他们想念巴克斯特。你心里很清楚，他的离开是你造成的，对吧？这下你高兴了。咕噜……咕噜……

不再当你是朋友的，

泡泡

西蒙的书桌

亲爱的泡泡：

　　野兽的离开让安迪有点儿难过，这一点我承认。但安迪很快就会振作起来。没有了野兽，你家不是很好吗？

向你致以温暖问候的，

西蒙

咕噜······

咕噜······

亲爱的西蒙：

我不知道安迪能不能很快振作起来。安迪真的非常、非常、非常伤心！咕噜、咕噜······

不！没有了野兽，家里一点儿也不好。咕噜、咕噜······安迪和他爸爸太伤心了，一直忘了给我喂食！我已经三天没吃饭了！咕噜、咕噜······

深呼吸，原谅你。咕噜、咕噜······

深呼吸，原谅你。咕噜、咕噜······

不！我觉得这次我不能原谅你。咕噜······咕噜······

我觉得安迪也不会原谅你。看到他这么不开心，你高兴吗？咕噜、咕噜······

泡泡

寄信人地址：

西蒙的书桌

亲爱的泡泡：

　　看到安迪这么伤心，我当然不高兴。但是，野兽已经走了，我们就不能向前看吗？

你真诚的，

西蒙

亲爱的西蒙：

　　如果你想"向前看"，咕噜……咕噜……那么这就是你需要做的：

　　1. 找到巴克斯特；

　　2. 向他道歉；

　　3. 带他回家。

　　咕噜……咕噜……做只好宠物吧，西蒙！这没那么难。

泡泡

第八章
致爱心人士

寄信人地址：

西蒙的书桌

致爱心人士：

　　我在找一只走失的狗。他叫巴克斯特，最后一次露面是在湖滨公园大道 123 号的围栏外。他不太会写字，可能也不太会接球。

　　如果你看到他，请回信。

真诚的，
西蒙

亲爱的西蒙：

　　我知道你说的那只狗。有一次他把我赶出了他的院子。哦！也许不止一次。

　　我后来没见过他。不过，我还有他的一块牛肝饼干！我存着以备不时之需。哈哈哈哈哈！！！

　　致以诚挚的祝福。

　　　　　　　　　　　　　　　　奇克斯

亲爱的西蒙：

　　我见过巴克斯特。几天前他在比萨宫殿后面晃悠。他不知道那里是我的地盘吗？我的！他还偷了我的比萨饼胚。你知道的，我们得费好大的劲才能从人类那里讨到食物。我把他赶走了，不知道他去了哪里。我也不关心。

　　向你致以亲切的问候。

汤姆

亲爱的西蒙：

　　我们认识巴克斯特。我们见过他在球场上和安迪还有我们的小主人一起玩儿。你真的想找到他吗？听说是你叫他离开的，这让我们有些担心。

　　所以，我们就算看见他了，也不会告诉你。别的动物大概也是这么想的。我们只能说到这儿了……

忠诚的，

狻犬双胞胎

亲爱的西蒙：

　　我如果告诉你那只狗的下落，会得到报酬吗？

埃德加·艾伦·乌鸦

寄信人地址：

西蒙的书桌

亲爱的埃德加·艾伦·乌鸦：
你知道巴克斯特的下落？

你真诚的，
西蒙

亲爱的西蒙：

　　也许吧，但在看到报酬之前我是不会告诉你的。报酬越闪亮，我说的就越多。

埃德加·艾伦·乌鸦

亲爱的西蒙：

　　嗯，这报酬不错，真的不错。

　　是的，我知道巴克斯特的下落。遗憾的是，他不想被找到。而且，他给我的报酬比你给的更闪亮。对不起。

埃德加·艾伦·乌鸦

寄信人地址：
西蒙的书桌

亲爱的埃德加·艾伦·乌鸦：

寄信人地址：
西蒙的书桌

亲爱的埃德加·艾伦·乌鸦：
　　你如果不告诉我他的下落，能不能让他给我写封信？你告诉他我有我们的小主人的消息。

真诚的，
西蒙

第 九 章
找 到 野 兽

亲爱的西蒙：
　　你有安迪的消息？什么消息？
　　随信附上我的牛肝饼干。

爱你的，
巴克斯特

　　P.S. 埃德加·艾伦·乌鸦说你叫安迪
"我们的小主人"。开心！

寄信人地址：

西蒙的书桌

亲爱的巴克斯特：

哇！你终于把我的名字写对了！真不错。

是的，我有安迪的消息。他很想你。安迪的爸爸也很想你。甚至连泡泡也想你。请你尽快回到湖滨公园大道 123 号。

我……很抱歉叫你离开。

你真诚的，

西蒙

亲爱的西蒙：

　　我告诉过你我正在学习写字。

　　行，我会回来。

　　随信附上我的牛肝饼干。

爱你的，
巴克斯特

FTS：你想我了吗？

西蒙的书桌

亲爱的巴克斯特：

　　安迪很忙，今天去妈妈家，明天去爸爸家，来回奔波。他还要上学、交朋友，现在还要打棒球。他可能的确需要两只宠物的陪伴。所以，我提议我们分享这个男孩。你觉得怎么样？

真诚的，

西蒙

亲爱的西蒙：

　　这真是太好啦！但是西蒙，安迪有三只宠物，不是两只。你、我，还有泡泡！别忘了泡泡！我写字不行，你数数不行，这是不是很好笑？

　　另外，你还没有回答我的问题。

　　你想我了吗？

　　随信附上我的牛肝饼干。

爱你的，

巴克斯特

西蒙的书桌

亲爱的巴克斯特：

　　我数数没问题。

真诚的，

西蒙

亲爱的西蒙：

　　我也想你。而且，我觉得你可以继续叫我"野兽"。这是你给我起的昵称。

　　随信附上我的牛肝饼干。

爱你的，

野兽

接下来西蒙和巴克斯特会经历什么呢？
请在《一封来自猫咪的战书.2,为主人争光》
中寻找答案吧。

巴克斯特

化敌为友的书信大战，胜过100堂写作课！

一封来自
猫咪的战书
②为主人争光

[美]多里·希尔斯塔·巴特勒◎著
[美]凯万·阿特贝里◎绘
苏妖雅◎译

北京科学技术出版社
100 图书·书馆

西蒙

一年一度的宠物游行及变装大赛就要开始了!

西蒙一直讨厌穿衣服,所以他决定让巴克斯特代替他去和安迪一起参加宠物游行。但当巴克斯特拒绝告诉西蒙他们会穿什么样的服装时,西蒙改变了主意。安迪需要他。那只野兽不可信任——现在轮到他来挽救局面了。

著作权合同登记号　图字：01-2023-3646

图书在版编目（CIP）数据

一封来自猫咪的战书 . 1 / （美）多里·希勒斯塔·巴特勒著 ；（美）凯万·阿特贝里绘 ；苏姝雅译
. —北京：北京科学技术出版社，2024.1（2024.3重印）

书名原文 : Dear Beast

ISBN 978-7-5714-3300-0

Ⅰ . ①一… Ⅱ . ①多… ②凯… ③苏… Ⅲ . ①儿童故事－作品集－美国－现代 Ⅳ . ①I712.85

中国国家版本馆 CIP 数据核字（2023）第 202466 号

策划编辑： 刘珊珊　周泽南	**电　话：** 0086-10-66135495（总编室）
责任编辑： 代　艳	0086-10-66113227（发行部）
责任校对： 贾　荣	**网　址：** www.bkydw.cn
封面设计： 田丽丹	**印　刷：** 北京宝隆世纪印刷有限公司
责任印制： 张　良	**开　本：** 880 mm × 1230 mm　1/32
出 版 人： 曾庆宇	**字　数：** 30 千字
出版发行： 北京科学技术出版社	**印　张：** 2.375
社　址： 北京西直门南大街 16 号	**版　次：** 2024 年 1 月第 1 版
邮政编码： 100035	**印　次：** 2024 年 3 月第 2 次印刷
ISBN 978-7-5714-3300-0	

定　价： 30.00 元

一封来自猫咪的战书

② 为主人争光

〔美〕多里·希勒斯塔·巴特勒◎著

〔美〕凯万·阿特贝里◎绘　　苏姝雅◎译

寄信人：西蒙

收信人：蜗牛

北京科学技术出版社

100层童书馆

献给鲍勃。很抱歉这次你不是第一名，但你知道，在我心里你永远是第一名。

——多里·希勒斯塔·巴特勒

献给我不太可能拥有的朋友与友谊。

——凯万·阿特贝里

目 录

第一章

昵 称

寄信人地址：

西蒙的书桌

亲爱的巴克斯特：
　　我得知本市的宠物游行和变装大赛即将举行。我和安迪参加过很多次。为了纪念我们友谊的开始，今年我想请你代替我去参加。你觉得怎么样？

真诚的，
西蒙

　　我的回答是——开心！宠物游行！！我已经知道这件事了，安迪和诺亚正给我设计变装造型呢。嘿，我以为你会叫我"野兽"！这可是我的昵称。你也需要一个昵称。我刚给你想了一个绝妙的昵称！你想知道是什么吗？嗯？想吗？我会在下封信中告诉你。这就叫先给你留个悬念！哈哈哈哈哈哈！！！

　　随信附上我的牛肝饼干。

爱你的，
野兽

寄信人地址：

西蒙的书桌

亲爱的野兽：

　　我不需要昵称。

　　你会和安迪一起参加游行，我很高兴，这样我就有时间读点儿闲书了。

　　如果有任何我帮得上忙的地方，你尽管开口。另外，请把字写得工整一点儿。我知道你想给别人留下好印象。

真诚的，

西蒙

嗷呜，拜托，宠物都需要昵称！而且我给你想了一个超级、超级棒的昵称！

我觉得你会喜欢它。

你准备好了吗？

答案马上揭晓……

你的昵称是……

猫猫侠！

随信附上我的牛肝饼干。

爱你的，
野兽

FTS（你还记得吗？FTS 的意思是"忘了说"）：对不起，我现在没时间练字，我得去试一下我的衣服。开心！宠物游行！

第二章
西蒙的小册子

寄信人地址：

西蒙的书桌

亲爱的野兽：

你好吗？宠物游行的衣服准备得怎么样了？如果穿起来感觉不舒服，你别太惊讶，衣服都那样。我能问一下你要装扮成什么角色吗？

因为你之前从没参加过这样的活动，我挤时间写了一本小册子来告诉你参加宠物游行的行为规范。你有任何问题都可以问我。

乐于助人的，

西蒙

游行
行为
规范

游行行为规范

1. 不要吠叫。
2. 不要咬人。
3. 不要大声喘气。
4. 不要嗅来嗅去。
5. 不要抓挠物品。
6. 不要流口水。
7. 不要随地小便。
8. 不要随地大便。
9. 不要突然加速。
10. 不要急停。
11. 不要分心。
12. 不要随便打招呼。
13. 不要吃东西。
14. 不要喝水。

总之，每时每刻都要表现出自己最好的一面！

亲爱的猫猫侠：
　　你忘了说最重要的一点！你忘了说：玩得尽兴！
　　随信附上我的牛肝饼干。

　　　　　　　　爱你的，
　　　　　　　　野兽

寄信人地址：
西蒙的书桌

亲爱的野兽：
不要叫我"猫猫侠"！
另外，你忘了告诉我你做的是什么造型了。

好奇的，
西蒙

我没忘！我在制造悬念！开心！悬念！！不过，我的衣服真的超级、超级棒！而且穿起来完全不会让我不舒服。可怜的诺亚，他没有宠物，不能参加宠物游行和变装大赛。我很高兴我能参加。你也不去，真可惜！

寄信人地址：
西蒙的书桌

亲爱的野兽：

　　现在不是制造悬念的时候。昨天安迪从他爸爸家回来，看起来很发愁。我很确定，他希望陪他一起走在游行队伍里的是我，而不是你。但他会好起来的，我们只要向他证明你已经做好了参加游行的准备就行。

严肃的，
西蒙

P.S. 只要我想，我就可以参加游行。

亲爱的猫猫侠：

　　我完全做好了参加游行的准备！开心！宠物游行！！而且安迪不是因为我发愁，让他发愁的是索菲·斯尼克曼和她的㹴犬双胞胎。

　　随信附上我的牛肝饼干。

爱你的，

野兽

索菲·斯尼克曼

第三章
试图帮忙

寄信人地址：

西蒙的书桌

亲爱的泡泡：

　　你好吗，老朋友？我给你写信是为了宠物游行这件事。你可能已经听说了，今年巴克斯特会代替我参加游行。你有没有看到他参加宠物游行的服装？我只想确定他在认真对待这次游行。

真诚的，

西蒙

亲爱的西蒙：

"老朋友"？咕噜……咕噜……你觉得我们是朋友？咕噜……咕噜……就让我们继续保持合作关系，好吗？咕噜……咕噜……

现在我来回答你的问题。没错，我见过巴克斯特的服装。咕噜……咕噜……特别棒！咕噜……咕噜……诺亚那孩子的确有些有趣的想法！咕噜……咕噜……

你有什么资格觉得巴克斯特不把游行当回事？咕噜……咕噜……你还记得去年的游行吗？咕噜……咕噜……我到现在也不知道当时发生了什么。咕噜……咕噜……但我敢肯定，那是你的错。咕噜……咕噜……你一直试图从游行队伍里逃出去！咕噜……咕噜……但你没成功。咕噜……咕噜……然后，我突然也得参加游行了。咕噜……咕噜……

我真是尽力了。咕噜……咕噜……

我努力做一条乖乖的鱼。咕噜……咕噜……
但是你是一只乖猫吗？咕噜……咕噜……不，你不
是。咕噜……咕噜……今年是巴克斯特去参加宠物
游行，而不是你，这不是很好吗？咕噜……咕噜……
在参加宠物游行这件事上，狗可比猫强多了。

并非你朋友的，
咕噜……咕噜……
泡泡

西蒙的书桌

亲爱的泡泡：

别再说去年游行的事了。

泡泡，我想让你知道，我一直把你看作我的朋友。但是，如果你更想和我保持合作关系，我会尊重你的意愿。

作为你的合作伙伴，我想告诉你一些事情。狗没有自尊心，而猫有自尊心，猫不会做狗愿意做的一些事。因此，有时候，狗可能表现得比猫更好，但狗并非真的更好。你明白表现得更好和实际上更好的区别吗？

现在，请告诉我安迪和巴克斯特为游行准备了什么服装。

恭敬的，

西蒙

亲爱的西蒙：

　　对不起，诺亚说安迪和巴克斯特的服装是秘密！咕噜……咕噜……你知道索菲·斯尼克曼和狼犬双胞胎一向是变装大赛的第一名吗？咕噜……咕噜……这不公平。她妈妈就在服装店工作！咕噜……咕噜……哼哼，今年他们肯定赢不了。你知道为什么吗？咕噜……咕噜……因为诺亚在给安迪和巴克斯特上表演课！咕噜……咕噜……安迪和巴克斯特不只是装扮成好玩的角色，他们还在学怎么扮演那些角色！咕噜……咕噜……诺亚那孩子确实聪明！

并非你朋友的，

咕噜……咕噜……

泡泡

　　P.S. 如果我们再见面，你应该知道吃掉我对你来说是有损形象的表现，对吧？咕噜……咕噜……

西蒙的书桌

亲爱的泡泡：

　　你还是觉得我会吃掉你，这让我很伤心。你明知道我只是想把鼻子弄湿，好凉快凉快。

　　言归正传，请你搞清楚，作为安迪长久以来深爱的宠物，我是来帮他和巴克斯特的。他们不需要诺亚。

　　请告诉我安迪和巴克斯特要装扮成什么角色。

　　　　　　　　　　　　　　　　试图帮忙的，
　　　　　　　　　　　　　　　　西蒙

咕噜……

咕噜……

亲爱的西蒙：

　　你好像压力很大。咕噜……咕噜……做做瑜伽或许能让你放松一下。咕噜……咕噜……别担心安迪和巴克斯特，他们好着呢。咕噜……咕噜……也别担心游行。一切尽在掌握之中。

咕噜……咕噜……

泡泡

第四章
猫猫侠

寄信人地址：

西蒙的书桌

亲爱的臭臭：

　　你好吗？你家人好吗？我还不错。不晓得你知不知道，巴克斯特今年会代替我参加宠物游行。你愿不愿意帮我一个小忙？你穿过安迪爸爸家院子的时候，能不能帮我看一下巴克斯特准备在游行时装扮成哪个角色？麻烦你了。

真诚的，

西蒙

寄信人地址：
西蒙的书桌

亲爱的臭臭：
　　你收到我的信了吗？怎么不回信？情况很紧急，游行很快就要开始了！
　　麻烦你尽快回信。

担心的，
西蒙

亲爱的猫猫侠：

　　我不知道你这么在意宠物游行这件事。还记得去年你叫我往你衣服上喷臭气吗？太可惜了，你本可以装扮成很棒的墨西哥卷饼，安迪本可以装扮成很棒的厨师！

　　我觉得巴克斯特去参加游行真是太棒了。我没见过他的造型，这是我没回信的原因。我试图从露台的门往里看，但你知道的，我眼神不太好。我会继续尝试，但你也可以问问奇克斯有没有看见。他就住在安迪窗外的树上，而且比我眼神好。我倒是想亲自问问奇克斯，但他总是避开我。我想不通这是为什么。

你忠实的，

臭臭

寄信人地址:
西蒙的书桌

亲爱的奇克斯:

　　你好吗?希望你有充足的坚果过冬。

　　听说你已经在安迪窗外的树上生活了一段时间。你有机会见到巴克斯特参加游行要穿的服装吗?能告诉我他穿的是什么吗?

真诚的,

西蒙

亲爱的猫猫侠：

　　我见过那些服装，但我不知道巴克斯特和安迪要装扮成什么角色。诺亚每天都过来教他们表演。安迪真是个优秀的演员！但我觉得巴克斯特只是喜欢盛装打扮。你知道吗？作为一只狗，他没那么坏。他只是想让安迪开心。

　　致以诚挚的祝福。

奇克斯

西蒙的书桌

亲爱的蜗牛：

　　首先，我想说谢谢你帮我送了所有的信件。感谢你的付出。

　　其次，你下次去巴克斯特家那边的时候，能不能爬到窗子旁边看一下安迪和巴克斯特准备在游行时装扮成什么角色？

　　麻烦你了。

真诚的，

西蒙

35

第五章
需要报酬

寄信人地址：

西蒙的书桌

亲爱的野兽：

　　现在大家都叫我"猫猫侠"！是你叫他们这么做的吧？请不要再这么做了。

　　现在，跟我说说你的变装造型。我真的得知道你要装扮成什么样子！

坚定的，
西蒙

蜗牛那家伙去哪儿了？

亲爱的猫猫侠：

　　我知道你需要寄封信。蜗牛很忙，我可以送信，不过我需要一些报酬……

　　　　　　　　　　埃德加·艾伦·乌鸦

寄信人：**西蒙**

收信人：**野兽**

亲爱的猫猫侠:

　　你是认真的吗? 这就是你给我的报酬? 一枚脏兮兮的旧硬币? 它甚至不再亮闪闪。看来这封信不怎么重要啊。

埃德加 · 艾伦 · 乌鸦

这枚硬币好多了。

亲爱的猫猫侠：

　　你真是个神探！是的！是我让大家都叫你"猫猫侠"的。你可能不知道，很多动物都觉得你不太友好。我想昵称能帮你交到很多朋友！开心！交朋友！！而且"猫猫侠"这个昵称让你听起来像个超级英雄。你不想成为超级英雄吗？

　　随信附上我的牛肝饼干。

爱你的，

野兽

我们和猫猫侠
做朋友吧!

西蒙的书桌

亲爱的野兽：

　　不，我不想成为超级英雄。超级英雄很蠢。我的英雄是夏洛克·福尔摩斯。他一点儿也不蠢。这是我最后一次问你变装造型的事。如果你不告诉我你要装扮成什么角色，我就只能离开家，亲自去看看了。我讨厌那么做。那些不认识的人看见我在外面会怎么想？他们会觉得我是一只没有人要的流浪猫！那样的话，我就只能告诉他们，我的主人有一只一点儿也不听话的狗，我是为了那只狗才出门的。

严肃的，

西蒙

亲爱的描描侠:

　　我看见巴克斯特的造型了。你给我报酬，我就告诉你他要装扮成什么样子……

埃德加·艾伦·乌鸦

亲爱的猫猫侠：

　　巴克斯特要装扮成夏洛克·猎犬去参加宠物游行，安迪要装扮成神探的跟班华生。你应该看看他们的造型，他们这次肯定会赢得一件闪亮的奖品！你和安迪从来没获过奖，对吧？游行结束的时候，你总是衣服都脱了一半。我听说这是安迪最后一次参加宠物游行，明年他就超龄了。好在他是和巴克斯特一起参加的，而不是和你，对吧？

　　　　　　　　埃德加·艾伦·乌鸦

第六章
不！

寄信人地址：
西蒙的书桌

亲爱的野兽：

谨以此信通知你，你不需要参加宠物变装游行了，我准备亲自去。请把你参加游行要穿的服装放在安迪的书包里。安迪回我家的时候，我会取走那身衣服，然后穿着去参加游行。谢谢。

真诚的，
西蒙

西蒙的书桌

亲爱的野兽：

　　"不"是什么意思？你不明白吗？你不需要参加游行了。你可以待在家里和泡泡一起看电视。你会很开心的。我知道你喜欢开开心心。

真诚的，
西蒙

亲爱的猫猫侠：

　　你真的不知道"不"是什么意思吗？它的意思就是"不可以"！你不可以穿我的衣服。那是夏洛克·猎犬的衣服。夏洛克·猎犬是只狗，而你是只猫！但我很高兴你想和安迪还有我一起参加游行。开心！宠物游行！也许安迪和诺亚可以给你再做一套造型。也许你可以扮演我这位狗狗侦探的妻子。或者，你装作诺亚的宠物，然后你们可以做完全不同的造型，这样诺亚也能参加游行了。

　　随信附上我的牛肝饼干。

　　　　　　　　　　　　爱你的，
　　　　　　　　　　　　野兽

寄信人地址：

西蒙的书桌

亲爱的野兽：

　　我才不要装作诺亚的宠物呢，那太荒谬了。

　　而且夏洛克·福尔摩斯没有妻子。

　　我会成为夏洛克·猫，而非夏洛克·狗。我去参加游行，你待在家里，就这么定了！现在，把衣服放到安迪的书包里。现在就去，省得你忘了。

下定决心的，

西蒙

不。
还有，我要扮演的是猎犬，
不是普通的狗。
夏洛克·猎犬，狗狗侦探！

第七章
特工蜗牛

这是野兽寄来的吗?

不,是我寄的。

53

亲爱的猫猫侠西蒙：

　　谢谢你的来信。很高兴收到你的信，我很乐意帮你监视巴克斯特和安迪。你知道我一直想成为特工吗？我拿到了你要的情报。巴克斯特和安迪会装扮成夏洛克·猎犬和华生！

特工，

蜗牛

我已经知道——

别说话！
可能有人
在偷听。
你再写一封信。

寄信人地址：

西蒙的书桌

亲爱的蜗牛：

　　我已经知道野兽和安迪要装扮成夏洛克和华生了！但是，去参加游行的应该是我，而不是野兽。说实话，猫比狗更聪明。所以，夏洛克·猫比夏洛克·狗更好。不过，野兽不准备放弃。我要怎么做才能让他放弃呢？

真诚的，
西蒙

亲爱的猫猫侠西蒙：

　　我不明白。为什么你还想参加游行？你明明讨厌游行，讨厌和游行有关的一切，特别是游行要穿的服装。你……嫉妒巴克斯特吗？

特工，

蜗牛

寄信人地址：

西蒙的书桌

亲爱的蜗牛：

　　不，我才不嫉妒他。

确信的，
西蒙

亲爱的猫猫侠西蒙：

我不这么想。这样，我再问一次：为什么你想参加游行？你一定有理由。如果那是个正当的理由，你应该把它告诉巴克斯特。要是你好好跟他说，没准他会让步。你好好想想吧。

你的朋友，

蜗牛

西蒙的书桌

亲爱的野兽：

　　我想参加游行，是因为……嗯，因为我和安迪一起参加过很多次游行，但从没获过奖。在某种程度上，这可能是因为……嗯，算了。今年是安迪参加游行的最后一年，我真的很想打败索菲·斯尼克曼和她的㹴犬双胞胎！如果我装扮成我心目中的英雄夏洛克·福尔摩斯，也许我和安迪就可以打败他们了。你能让我试试吗？我同意你叫我"猫猫侠"……

真诚的，
猫猫侠西蒙

亲爱的猫猫侠：

　　我明白了，但我已经叫你"猫猫侠"了！

　　我还是觉得应该我去参加游行，因为我真的、真的、真的很想参加。而且你说过我可以参加。你说那是我们友谊开始的纪念。你不能收回。

　　嘿！我也给你一个友谊开始的纪念怎么样？看，我的球送给你了！现在我可以替你参加游行了吧？开心！宠物游行！！

　　随信附上我的牛肝饼干。

爱你的，

野兽

亲爱的猫猫侠：

　　我知道你想要巴克斯特的服装。我可以帮你拿到，不过需要一些报酬……

埃德加·艾伦·乌鸦

第八章
宠物游行

寄信人地址：

西蒙的书桌

亲爱的埃德加·艾伦·乌鸦：

　　你的好意我心领了，但我现在不需要你的服务了。

真诚的，
西蒙

西蒙的书桌

亲爱的野兽：

　　我考虑了很久，决定还是让你去参加宠物游行。请仔细阅读我给你的小册子，并把里面的内容背下来！这是安迪最后一次参加游行了，所以我们都希望一切顺顺利利。我们也都希望你和安迪打败索菲·斯尼克曼。

　　祝你好运！

你的朋友，

西蒙

亲爱的猫猫侠：

我不会让你失望的！

随信附上我的牛肝饼干。

爱你的，

野兽

西蒙的书桌

亲爱的野兽：

　　不要叫我"猫猫侠"。你应该记得我说过，我参加游行了你才能叫我"猫猫侠"。既然我选择了不参加，我们的约定就失效了。

你的朋友，
西蒙

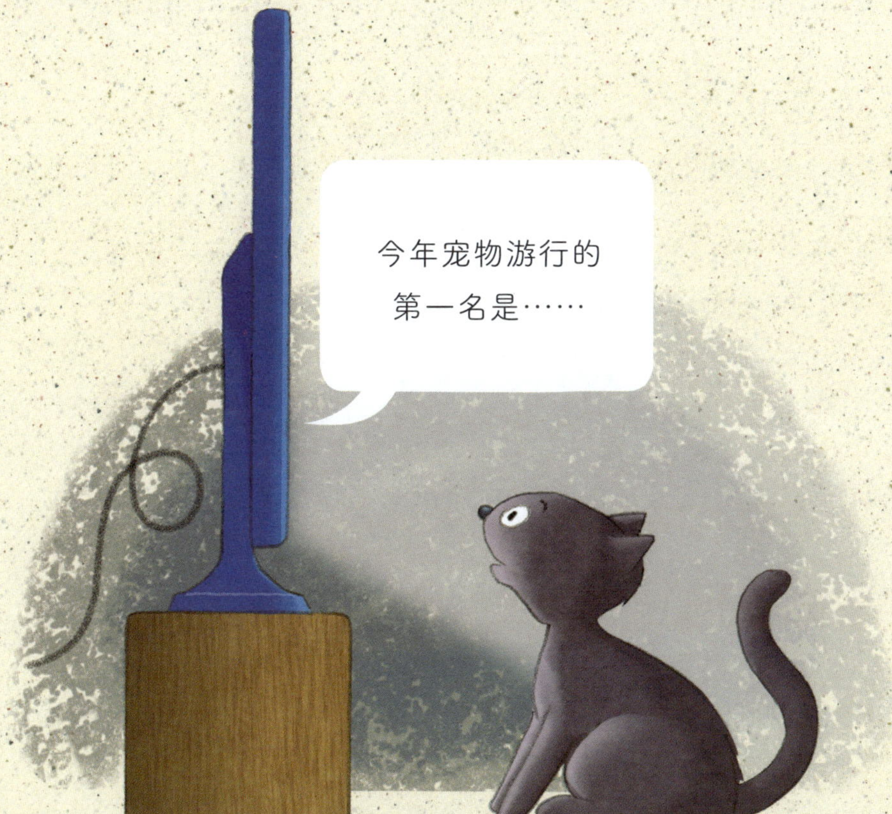
今年宠物游行的
第一名是……

亲爱的西蒙：

好吧，我叫你"西蒙"。看，这两个字我没写错，对吧？

对了……你看游行了吗？嗯？看了吗？看了吗？安迪和我玩得好开心。你看见了吗？我们还得了第一名！开心！！

随信附上我的牛肝饼干。

爱你的，

野兽

寄信人地址：

西蒙的书桌

亲爱的野兽：

我的确看了游行。但是，很抱歉我要告诉你一件事，你和安迪不是第一名，索菲·斯尼克曼和她的狸犬双胞胎才是。你和安迪是第二名。哦，好吧，至少你们玩得开心，对吧？安迪的确很开心，回来之后他说了很多话。

你的朋友，
西蒙

亲爱的西蒙：

开心！第二名也很不错呀！

是的，我玩得很开心！嘿！我们是安迪的宠物，而不是索菲·斯尼克曼的，你应该也感到开心，对吗？说到这里我想起来，我们拥有的可比㹴犬双胞胎拥有的好多了，因为我们有安迪！

随信附上我的牛肝饼干。

爱你的，
野兽

寄信人地址：

西蒙的书桌

亲爱的野兽：
　　你说得对。

　　　　　　　　　　　　　喜欢你的，
　　　　　　　　　　　　　　西蒙

著作权合同登记号　图字：01-2023-3647

图书在版编目（CIP）数据

一封来自猫咪的战书．2，为主人争光 /（美）多里·希勒斯塔·巴特勒著；（美）凯万·阿特贝里绘；
苏姝雅译．—北京：北京科学技术出版社，2024.1（2024.3重印）

书名原文：Dear Beast: The Pet Parade

ISBN 978-7-5714-3301-7

Ⅰ．①— Ⅱ．①多… ②凯… ③苏… Ⅲ．①儿童故事—作品集—美国—现代 Ⅳ．①1712.85

中国国家版本馆 CIP 数据核字（2023）第 202462 号

策划编辑：刘珊珊　周泽南	电　　话：0086-10-66135495（总编室）
责任编辑：代　艳	0086-10-66113227（发行部）
责任校对：贾　荣	网　　址：www.bkydw.en
封面设计：田丽丹	印　　刷：北京宝隆世纪印刷有限公司
责任印制：张　良	开　　本：880 mm × 1230 mm　1/32
出 版 人：曾庆宇	字　　数：30 千字
出版发行：北京科学技术出版社	印　　张：2.375
社　　址：北京西直门南大街 16 号	版　　次：2024 年 1 月第 1 版
邮政编码：100035	印　　次：2024 年 3 月第 2 次印刷
ISBN 978-7-5714-3301-7	
定　　价：30.00 元	

化敌为友的书信大战，胜过100堂写作课！

一封来自
猫咪的战书

③ 在逃宠物

〔美〕多里·希勒斯塔·巴特勒◎著

〔美〕凯万·阿特贝里◎绘　　曹加瓦◎译

北京科学技术出版社

100层童书馆

如果你有新闻线索，请拨打1-800-234。

报酬：1个宝贝

乌鸦日报

献给本。
———多里·希勒斯塔·巴特勒

献给永远保持好奇心的莉莉。
———凯万·阿特贝里

目 录

西蒙

巴克斯特

第一章
谁是路易?

寄信人地址:
西蒙的书桌

亲爱的野兽:

　　我发现安迪有烦心事。今天下午,他回家后没有清理我的猫砂盆,也不想玩追光点的游戏。到晚上,他甚至忘了给我喂食!你知道他为何烦恼吗?问题肯定出在你家。两天前他离开我家时还好好的。

　　请尽快回信。

真诚的,
西蒙

亲爱的西家：

　　我知道他的烦心事是什么。但问题并非出在我家，而出在学校！

　　　　　　　　耷拉着尾巴的，
　　　　　　　　　　野兽

4

西蒙的书桌

亲爱的野兽：

　　你怎么总能花样百出地写错我的名字！我再说一遍，我的名字是"西蒙"。你好好看看"蒙"和"家"这两个字，就会发现它们有多不一样了！

　　言归正传，学校里究竟发生了什么事情？

好奇的，
西蒙

亲爱的西蒙：

　　你没听说吗？路易不见了！

　　我们的小主人这么伤心，我根本没空检查你的名字写得对不对！安迪的爸爸给我做了好吃的晚饭，但我吃不下。安迪伤心时，我根本没心思想吃饭的事！你是不是也这样呢？

耷拉着尾巴、空着肚子的，

野兽

寄信人地址：

西蒙的书桌

亲爱的野兽：

我希望你以后都能把收信人的名字写对，这是基本的礼仪。即使在安迪伤心的时候，我仍然会想吃饭。我的要求并不高，我只希望每天能有两顿饭和一个干净的猫砂盆。我不懂为什么人类总是因为鸡毛蒜皮的小事而打乱我的日常生活。

谁是路易？为什么他失踪了安迪会如此难过？

真诚的，
西蒙

亲爱的西蒙：

　　路易是安迪他们班的班级宠物。我不知道他是什么动物，这还是个谜。但我希望有人能尽快找到他。否则，安迪可能一直这么伤心！

　　　　耷拉着尾巴、空着肚子、心情沉重的，

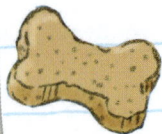

　　　　　　　　　　　　　　　　野兽

西蒙的书桌

亲爱的野兽：

　　路易可能是只仓鼠。这件事没什么大不了的，安迪会好起来的。现在，我打算跳到厨柜上看看有没有什么东西可以当晚餐。我相信明天一切都会好起来。

诚挚的，

西蒙

第二章

让我们来当侦探！

亲爱的西蒙：

　　今天情况并没有好转。安迪和诺亚吵架了！这周本该诺亚把路易带回家过周末，但他没法这么做了，因为路易不见了！诺亚认为安迪喂完路易之后忘了关笼子的门，这才让路易逃跑了。嘿！我有个主意！咱们来当侦探，一起去找路易吧。这样安迪和诺亚就会和好，所有人都会很开心！

欢快地摇着尾巴的，

野兽

　　FTS：还记得吗？FTS 是"忘了说"的意思。如果咱们找到路易，咱们就成了英雄，到时候埃德加·艾伦·乌鸦会在《乌鸦日报》上登出我们的照片！

乌鸦日报

猫咪侦破了宠物失踪案

寄信人地址：

西蒙的书桌

亲爱的野兽：

当侦探并不像你想象的那么容易。你必须与证人交谈，寻找线索，然后绞尽脑汁破案。这些事情你都不擅长，但我很在行。我是从最优秀的侦探——我的偶像福尔摩斯那里学到的！放心，我会找到路易的。你可以去打个盹。

充满信心的，
西蒙

亲爱的西蒙：

　　我不累。我也想当侦探！我想帮安迪。我想找到路易！

　　随信附上我的牛肝饼干。

爱你的，
野兽

13

寄信人地址：
西蒙的书桌

亲爱的野兽：

不行。

坚决的，

西蒙

亲爱的独断专行的西蒙：

　　为什么不行？我知道一些你不知道的事。我刚得知路易不是一只仓鼠，而是一只豹纹壁虎！怎么样？你不知道这件事吧？现在我能和你一起当侦探了吗？

　　随信附上我的牛肝饼干。

爱你的，

野兽

寄信人地址：

西蒙的书桌

亲爱的野兽：

　　不，你不能。

深表遗憾的，

西蒙

第三章
《乌鸦日报》

寄信人地址：

西蒙的书桌

亲爱的奇克斯：
　　我知道你喜欢在林肯学校附近采集坚果。你听说了吗？路易，也就是安迪班上的豹纹壁虎，失踪了。你见过他吗？你知道他出了什么事吗？

正在调查案件的，
西蒙

17

亲爱的西蒙：

　　你说的没错。林肯学校附近的坚果是全城最好的。另外，路易失踪这件事我知道，但这个消息我是在《乌鸦日报》上读到的。

　　致以诚挚的祝福。

奇克斯

乌鸦日报

路易失踪了！

埃德加·艾伦·乌鸦

豹纹壁虎路易失踪了。周三晚上，他从7号教室的笼子里逃跑了。至于事件真相，相关报道莫衷一是。

据一个人类孩子（诺亚）称，是另一个人类孩子（安迪）把路易的笼门打开了。而来自城堡岩学校的消息称："路易的笼子顶部有个洞。今年他已经至少逃跑3次了。我们不知道他去了哪里。清扫地板的人之前每次都能找到他并把他带回去。但这个人本周在休假，所以这次得由其他人来寻找路易了。"

号外！号外！
快来看！
但是要付费……

20

寄信人地址：

西蒙的书桌

亲爱的埃德加·艾伦·乌鸦：

我写信给你是想指出你的报道中的一个错误。你提到了消息来自城堡岩学校，但实际上应该是林肯学校。

另外，你应该在报道中提到我。我是即将侦破这个案件的侦探。我会找到路易的。

你的朋友，
西蒙

亲爱的西蒙：

　　我的报道提到的城堡岩学校这一地点是正确的。它是林肯学校内的一所学校，它是一群——嗯，既然你说自己是侦探，那你自己来弄清楚吧。我可以给你提供两条线索。（不收报酬！）

　　1. 城堡岩学校被水包围着。

　　2. 7号教室有任何可疑的事情发生，那些甩着尾巴的家伙都会知道。他们什么都知道！

　　很抱歉我在上一期的《乌鸦日报》中没提到你。下一期我会提到你。

埃德加·艾伦·乌鸦

咕噜……

咕噜……

亲爱的西蒙：

　　你为什么对巴克斯特说他不能帮忙找路易？咕噜……咕噜……任何人都可以帮助别人！咕噜……咕噜……

　　顺便说一句，安迪因为不开心而忘了喂的可不止你一个！

　　咕噜……咕噜……你、巴克斯特和我应该通力合作，找到路易，这样对我们大家都好。咕噜……咕噜……

你的熟人，

咕噜……咕噜……

泡泡

寄信人地址：
西蒙的书桌

亲爱的泡泡：
　　谢谢你的来信。不过，我更愿意单独行动。

你恭敬的，

西蒙

第四章

城堡岩学校

寄信人地址：

西蒙的书桌

亲爱的城堡岩学校的朋友们：

　　我们应该没见过面。我是西蒙，一只猫。安迪是我的小主人。

　　我在《乌鸦日报》上读到了关于你们的报道。我正在调查豹纹壁虎路易到底出了什么事。请告诉我在路易失踪的那个晚上你们看到了什么。请不要遗漏任何细节。你们觉得路易现在会在哪里？

正在调查案件的，

西蒙

咕噜……

咕噜……

亲爱的西蒙：

咕噜……咕噜……

这周过得可真刺激！咕噜……咕噜……先是路易逃跑了，然后我们登上了《乌鸦日报》，现在我们又收到了你的信！咕噜……咕噜……

我们看见路易从笼子顶上的一个小洞里钻了出来。咕噜……咕噜……他出来后直奔我们而来，吓得我们赶紧躲进水草。咕噜……咕噜……等我们出来时，他已经不见了。咕噜……咕噜……说实话，我们松了一口气。咕噜……咕噜……我们不确定他去了哪里，但是有一些推测。咕噜……咕噜……莫比认为他藏在书后面。咕噜……咕噜……科拉尔认为他躲在窗帘里。咕噜……咕噜……戈尔迪认为他去了别的教室。咕噜……咕噜……不管他在哪里，我们都希望他能尽快被找到！咕噜……咕噜……

我们很好奇你生活的地方是什么样子的。那里有城堡吗？有岩石吗？咕噜……咕噜……你可以做我们的笔友吗？咕噜……咕噜……

你城堡岩学校的朋友们，

孔雀鱼

寄信人地址：

西蒙的书桌

亲爱的城堡岩学校的朋友们：

　　我太忙了，没有时间和你们做笔友。你们可以考虑一下泡泡，她似乎有很多闲暇时间。谢谢你们的回复。

考虑周全的，
西蒙

亲爱的西蒙：

　　我叫马费特。我听说你正在寻找路易。我可以告诉你，他仍然在 7 号教室里。我有 352 个孩子，我们的网正好织在这间教室门外。自从路易逃出笼子后，我就没有睡过觉。因为壁虎吃蜘蛛，所以我的八只眼睛一直紧盯着那扇门。我很确定路易没有离开 7 号教室。

　　请务必找到他。我很担心我的孩子们。让他们一直待在网上太难了。

你的朋友，
马费特

寄信人地址：

西蒙的书桌

亲爱的马费特：

　　谢谢你的来信。不要担心，我会找到路易的。我是一名非常优秀的侦探。

恭敬的，

西蒙

亲爱的西蒙：

　　嘿！你知道在安迪的学校里，还有一所学校吗？它叫城堡岩学校。城堡岩学校的朋友们刚刚和泡泡成了笔友。他们想帮我们找到路易。哈哈！城堡岩学校！

　　他们说路易的笼子顶上有一个洞，路易就是通过那个洞逃跑的。这意味着路易失踪不是安迪的错！我希望能把这个消息告诉诺亚，这样安迪和诺亚也许就能和好了！

　　随信附上我的牛肝饼干。

爱你的，

野兽

寄信人地址：

西蒙的书桌

亲爱的野兽：

　　我当然知道城堡岩学校，我也知道路易笼子顶上的那个洞。我是一名侦探，掌握这些线索是我的工作。我会找到路易的。你就等着在《乌鸦日报》上看到我的照片吧。

自信的，
西蒙

第五章
特工蜗牛

乌鸦日报

仍未找到！

埃德加·艾伦·乌鸦

虽然猫咪西蒙付出了巨大的努力，但路易仍未被找回。如果您有任何关于这只失踪的壁虎的消息，请与本报记者联系。

咕噜……

咕噜……

亲爱的西蒙：

咕噜……咕噜……

你猜怎么着！我们找到了一条线索！咕噜……咕噜……我们把它寄给你了。你是怎么想的？咕噜……咕噜……

你城堡岩学校的朋友们，

孔雀鱼

西蒙的书桌

亲爱的城堡岩学校的朋友们：

　　请注意，最好将线索留在它被发现的地方。线索周围的一切都和线索一样有价值。不过，既然你们已经把它寄过来了，那我们就看看它能否派上用场。请告诉我它是在哪里被发现的，是什么时候被发现的，以及有谁接触过它。

　　感谢你们愿意付出宝贵的时间。

诚挚的，
西蒙

咕噜……

咕噜……

亲爱的西蒙：

咕噜……咕噜……

非常抱歉，我们之前不知道不能移动线索。咕噜……咕噜……我们只是想帮忙。我们是在尤恩的椅子下面找到这条线索的，但我们不知道它是怎么跑到那里的。咕噜……咕噜……科拉尔说她看到路易把它脱了下来。咕噜……咕噜……但杰克说这不合理，因为路易比这个东西大得多。如果这东西来自路易，那它应该更大些。咕噜……咕噜……科拉尔说它原来确实更大……但路易吃掉了其中一部分。咕噜……咕噜……你觉得这是真的吗？咕噜……咕噜…….

我们没法去拿这条线索，所以请蜗牛帮了忙。咕噜……咕噜……我们确定只有他接触过这条线索。咕噜……咕噜……

我们很担心安迪。自从路易失踪后，他课间就没去外面玩过。咕噜……咕噜……他只是难过地盯着路易的空笼子。

你城堡岩学校的朋友们，

孔雀鱼

寄信人地址：

西蒙的书桌

亲爱的蜗牛：

　　我得知你在 7 号教室里获取了一条线索。你能告诉我相关情况吗？一条城堡岩的孔雀鱼说它来自路易，另一条孔雀鱼说不是这样的。我们怎么确定它来自哪里？

认真的，

西蒙

亲爱的西蒙：

　　我知道这条线索来自路易，但我不能告诉你我是怎么知道的。别忘了，我以前帮你干过监视的工作。你希望我回到 7 号教室再查看一下吗？为了你，我可以这么做。

特工，

蜗牛

西蒙的书桌

亲爱的蜗牛：

　　我非常希望你这么做。事实上，如果你能在 7 号教室拍一些照片，那将对我有很大的帮助。

　　我一直在查阅有关豹纹壁虎的资料。我知道他们喜欢藏在温暖且黑暗的地方。我看到你拍摄的照片之后，就能推断出路易在哪里了！

自信的，
西蒙

亲爱的西蒙：

　　交给我吧！

特工，
蜗牛

第六章

有点儿耐心

亲爱的西蒙：

　　我和泡泡听说你获得了线索，但我们还没有见到它。你可以把它寄过来吗？还有，为什么是埃德加·艾伦·乌鸦在送信？蜗牛去哪儿了？

　　随信附上我的牛肝饼干。

爱你的，

野兽

西蒙的书桌

亲爱的野兽：

　　我们不想让线索有任何闪失，所以我不会把它交给你的。

　　蜗牛很快就会回来。他正在执行一项特殊任务。

神秘的，

西蒙

亲爱的西蒙：

　　是什么特殊任务？和路易有关吗？

　　泡泡认为我应该跑出院子，去林肯学校寻找更多的线索。你知道，我的嗅觉非常敏锐。你觉得怎么样？我有点儿想这么做，但我又不想惹麻烦……

　　随信附上我的牛肝饼干。

爱你的，

野兽

寄信人地址：

西蒙的书桌

亲爱的野兽：

　　这是个糟糕的主意。你可能会惹出很多麻烦。很多大麻烦！比如遇到捕狗人那样的大麻烦！好好想想吧。

考虑周全的，
西蒙

亲爱的西蒙：

　　遇到捕狗人？天哪！那真的是太可怕了！

　　我不知道该怎么办。可我们必须找到路易。昨天晚上，安迪打开存钱罐，数了数钱。他想买一只新的班级宠物，因为他还是觉得路易不见了是他的错。

尾巴颤抖的，

野兽

西蒙的书桌

亲爱的野兽：

　　不用担心，安迪不需要买一只新的班级宠物。我很快就会找到路易。请再有点儿耐心。

有能力的，

西蒙

那只蜗牛
去哪儿了？

第七章
担 心

亲爱的西蒙：

泡泡和我非常、非常担心。我们担心安迪，担心路易，还特别担心蜗牛！蜗牛已经很长时间没露面了。我们认为他很可能也失踪了！

泡泡离不开她的鱼缸，你也不喜欢离开你的房间。或许我必须鼓起勇气跑出院子。蜗牛可能遇到麻烦了！也许只有我能去救他。

勇敢的，

野兽

西蒙的书桌

亲爱的野兽：

　　不要跑出院子！蜗牛没事，大家都很安全。我已经收集了很多线索，我会把它们整合到一起，然后破案。我会找到路易的，我也会找到蜗牛的。我不离开屋子也能做到这些。

聪明的，

西蒙

亲爱的西蒙：

　　你要怎么做？

担心地摇着尾巴的，

野兽

乌鸦日报

蜗牛失踪了!

埃德加·艾伦·乌鸦

消息已经传开了!蜗牛不只是一名邮递员,还是一名特工!本报记者了解到,蜗牛被派往7号教室执行秘密任务。不幸的是,蜗牛的身份已经暴露了。来自城堡岩学校的消息称,蜗牛躲起来了,而且他已经很久没有传回消息了。如果您知道蜗牛在哪里,请联系本报记者。

咕噜……

咕噜……

亲爱的西蒙：

你疯了吗？咕噜……咕噜……你派蜗牛去找路易了?! 咕噜……咕噜……你不知道壁虎吃蜗牛吗？

再也不是你朋友的，

咕噜……咕噜……

泡泡

寄信人地址：

西蒙的书桌

亲爱的泡泡：

为什么你觉得是我"派"蜗牛去的？听好了，是蜗牛主动要求去林肯学校的。他是一名非常优秀的特工。我一点儿都不担心。

充满希望的，
西蒙

咕噜……

咕噜……

亲爱的西蒙：

　　我就知道是你！你让我很生气！

咕噜……咕噜……

泡泡

亲爱的西蒙：

　　我会找到蜗牛的！我或许也能找到路易！我已经准备好当英雄了！我现在就出发！

　　随信附上我的牛肝饼干。

爱你的，

野兽

第八章
没 有 回 家

寄信人地址：

西蒙的书桌

亲爱的野兽：
　　你准备好当英雄了？这是什么意思？你打算去哪里？你要干什么？

严肃的，
西蒙

亲爱的西蒙：

　　巴克斯特不在家。咕噜……咕噜……他出去找蜗牛和路易了。咕噜……咕噜……他早该回来了。咕噜……咕噜……

慌张地拍打鱼鳍的，

咕噜……咕噜……

泡泡

咕噜……

咕噜……

寄信人地址：

西蒙的书桌

亲爱的城堡岩学校的朋友们：

到底发生了什么？你们最后一次见到蜗牛是什么时候？我知道他藏起来了。你们知道他藏在哪里吗？巴克斯特跟你们在一起吗？

正在调查案件的，

西蒙

亲爱的西蒙：

　　咕噜……咕噜……

　　我们有段时间没见到蜗牛了。咕噜……咕噜……但是现在我们看到他了。咕噜……咕噜……我们还看到了路易。咕噜……咕噜……我们不忍心再看下去了。

你城堡岩学校的朋友们，

孔雀鱼

　　P.S. 我们从没见过巴克斯特，也没见过他的照片，所以我们不知道他在不在这里。咕噜……咕噜……

咕噜……

咕噜……

寄信人地址：

西蒙的书桌

亲爱的城堡岩学校的朋友们：
　　快告诉我发生了什么事！我强烈要求获悉真相！

狂躁的，
西蒙

亲爱的西蒙：

　　咕噜……咕噜……

　　哇，今天可真够累的！我们跟埃德加·艾伦·乌鸦聊了好几个小时！咕噜……咕噜……现在我们太累了，没力气写太多。咕噜……咕噜……你如果想知道发生了什么事，读一读明天的《乌鸦日报》吧。咕噜……咕噜……

你城堡岩学校的朋友们，

孔雀鱼

咕噜……

咕噜……

亲爱的西蒙：

　　我写信是为了告诉你，安迪今天晚上不回你家了。咕噜……咕噜……发生了这么多事情之后，他不回去谁还会责怪他呢？他现在只想抱着巴克斯特。咕噜……咕噜……如果我能离开这个鱼缸，我也会和他们俩抱在一起。咕噜……咕噜……巴克斯特太勇敢了！咕噜……咕噜……晚安！

或许有一天能再次成为你朋友的，

咕噜……咕噜……

泡泡

第九章
破案了

乌鸦日报

路易回来了!

埃德加·艾伦·乌鸦

在一位不愿透露姓名的勇敢的英雄的努力下,豹纹壁虎路易回到了他的笼子。来自城堡岩学校的消息称:"匿名英雄发现路易藏在一台小冰箱的底部。他把路易引诱了出来,并将其带回笼子,然后砰地关上了笼门!"

当被问及为什么要主动担此重任,我们的英雄回答道:"总得有人做这件事。"

"我们很高兴路易回来了,并且希望他一直待在那里,"马费特说,"但是需要有人修补好他笼子顶上的洞!"

当被问及对此事的看法时,路易的回答是:"无可奉告。"

亲爱的西蒙：

　　开心！路易回来了，蜗牛也很安全。猜猜还发生了什么？安迪和诺亚和好了。诺亚上周末没能带路易回家，所以他今天把路易带回去了。

　　这是我跟安迪、诺亚和路易一起拍的照片！

　　随信附上我的牛肝饼干。

爱你的，

野兽

寄信人地址：
西蒙的书桌

亲爱的野兽：

　　告诉我发生了什么。你是怎么知道路易的藏身地点的？又是怎么把他带回笼子的？

严肃的，
西蒙

亲爱的西蒙：

等一下，你以为我是《乌鸦日报》报道的那位匿名英雄？这太有意思了。我还以为是你呢！

我没去成林肯学校，因为我被捕狗人抓住了。一开始我非常、非常害怕。她把我关进了一个笼子，里面只有我一只狗。但后来她又回来，把我脖子上挂的牌子擦干净了，那上面写着安迪的名字。于是她给了我冰激凌，然后送我回家了。开心！回家了！！

随信附上我的牛肝饼干。

爱你的，

野兽

FTS：既然那位英雄不是我，也不是你，那会是谁？

寄信人地址：

西蒙的书桌

亲爱的野兽：

　　好吧，虽然不是我把路易找回来的，但我相信大家都认同我是一位英雄。我刚刚得知这件事是蜗牛做的。我必须说，我对他刮目相看。

真诚的，
西蒙

亲爱的西蒙：

开心！原来是蜗牛！！我就知道他是英雄！

我想我们都是英雄。我们都是！开心！！

而且，你是对的！你确实不用离开家也能破案。你发现了蜗牛的能力！我喜欢这个完美的结局。你也一样吧？

随信附上我的牛肝饼干。

爱你的，

野兽

寄信人地址：

西蒙的书桌

亲爱的野兽：
　　我当然是对的。
　　我确实成功破案了。我可是一名非常优秀的侦探。

你的朋友，
西蒙

DEAR BEAST: SOMEONE IS MISSING

Text copyright © 2021 by Dori Hillestad Butler

Illustrations copyright © 2021 by Kevan Atteberry

This edition arranged with HOLIDAY HOUSE PUBLISHING, INC.

through BIG APPLE AGENCY, INC., LABUAN, MALAYSIA.

Simplified Chinese edition copyright © 2024 by Beijing Science and Technology Publishing Co., Ltd.

All rights reserved.

著作权合同登记号 图字：01-2023-3648

图书在版编目（CIP）数据

一封来自猫咪的战书 . 3, 在逃宠物 /（美）多里·希勒斯塔·巴特勒著 ；（美）凯万·阿特贝里绘 ；曹加瓦译 . —北京：北京科学技术出版社，2024.1（2024.3重印）

书名原文：Dear Beast: Someone Is Missing

ISBN 978-7-5714-3307-9

Ⅰ . ①—⋯ Ⅱ . ①多⋯ ②凯⋯ ③曹⋯ Ⅲ . ①儿童故事－作品集－美国－现代 Ⅳ . ① I712.85

中国国家版本馆 CIP 数据核字（2023）第 202464 号

策划编辑：刘珊珊　周泽南		电　话：	0086-10-66135495（总编室）
责任编辑：代　艳			0086-10-66113227（发行部）
责任校对：贾　荣		网　址：	www.bkydw.cn
封面设计：田丽丹		印　刷：	北京宝隆世纪印刷有限公司
责任印制：张　良		开　本：	880 mm×1230 mm　1/32
出 版 人：曾庆宇		字　数：	30 千字
出版发行：北京科学技术出版社		印　张：	2.375
社　　址：北京西直门南大街 16 号		版　次：	2024 年 1 月第 1 版
邮政编码：100035		印　次：	2024 年 3 月第 2 次印刷
ISBN 978-7-5714-3307-9			
定　价：30.00 元			

化敌为友的书信大战，胜过100堂写作课！

一封来自
猫咪的战书
④ 有家不能回

〔美〕多里·希勒斯塔·巴特勒◎著

〔美〕凯万·阿特贝里◎绘　　曹加瓦◎译

北京科学技术出版社
100层童书馆

献给凯特。

——多里·希勒斯塔·巴特勒

献给马尔肖恩（一个巴克斯特）、劳埃德（一个西蒙）
和加里（另一个西蒙），缅怀波（另一个巴克斯特）。

——凯万·阿特贝里

目 录

西蒙

巴克斯特

第 一 章
你要来我家啦!

寄信人地址:

西蒙的书桌

亲爱的野兽:

我了解到安迪的妈妈下周要出差,这意味着安迪和我会去你家住一周。顺便提一句,我打算睡在安迪的床上。我相信你是睡在外面的,所以这应该不成问题。我非常希望床能软一点儿,我也希望你不会每天一大早就狂吠不止。你明白吗?很期待和你见面。

真诚的,
西蒙

亲爱的西蒙：

　　什么？你要来我家啦！就像诺亚来找安迪玩儿那样吗？哈哈哈！天啊！天啊！天啊！我们一定会玩得非常开心！

　　我是和安迪一起睡的！我就躺在他脚边。我只有在想出去玩儿的时候才会叫。嘿！你可以和我一起出去玩儿！我会带你去院子里我最喜欢的地方玩儿。我们也可以一起散步、玩接球游戏、熬夜、吃牛肝饼干。我迫不及待要和你一起玩儿了！

　　随信附上我的牛肝饼干。

爱你的，

野兽

4

寄信人地址：

西蒙的书桌

〰〰〰〰〰〰〰

亲爱的野兽：

　　你不能睡在安迪的床上！我已经告诉过你了，我要睡在他床上。

　　还有，我不会去散步、玩接球游戏，也不吃牛肝饼干。

　　你应该知道，我每天要睡 16 小时。如果我没有得到充足的睡眠，你会发现我变得脾气暴躁。也许你应该考虑下周搬去狗舍睡。

　　　　　　　　　　　　　　　有礼貌的，
　　　　　　　　　　　　　　　西蒙

亲爱的西蒙：

　　我不用去狗舍。安迪的床很大，睡得下我们俩——床上还有多尔菲、小熊和斯克鲁菲的位置！我甚至愿意和你分享多尔菲！它外面的毛黏糊糊的，但里面的填充物很好玩，咬起来也不错。

　　你不吃牛肝饼干是什么意思？我每次都随信寄了一些给你，你怎么处理的？

　　还有两天你就要来玩儿了！开心！一起玩儿！

　　随信附上我的牛肝饼干。

爱你的，

野兽

寄信人地址：
西蒙的书桌

亲爱的野兽：

　　我拒绝睡在多尔菲旁边。我不喜欢它的气味。

　　我把你寄来的牛肝饼干都扔了。它们也有一股奇怪的味道。

毫无歉意的，
西蒙

　　P.S. 我警告你，不要打扰我睡觉。

亲爱的西蒙：

　　你把我的牛肝饼干都扔了？你甚至都没有尝一尝吗？你不觉得这么做有点儿浪费吗？更何况这还很不礼貌。

　　别担心，我会确保你在我们家睡足的，虽然去别人家玩儿的时候不该睡觉。诺亚来找安迪玩儿的时候，他们从来不睡觉。很快我们就要见面了！

　　随信附上我的牛肝饼干。

爱你的，

野兽

FTS：尝一口牛肝饼干吧。你会喜欢的！

第 二 章

愤 怒

亲爱的西蒙：

　　你来了吗？我闻到了你的气味，但我没看到你。你在哪里？快出来，不管你在哪里，都快出来。我们一起玩儿！

　　随信附上我的牛肝饼干。

爱你的，

野兽

西蒙的书桌

亲爱的野兽：

　　是的，我来了，但我被锁在地下室里了！这太令人愤怒了！这里没有床，没有靠窗的座位，甚至没有玩具老鼠供我娱乐。

　　而且，我的晚餐也没有及时送到。我应该在晚上 6：05 准时开饭，而现在已经 6：10 了。

　　现在安迪和他的爸爸正在吃晚餐吗？我听到了镀银刀叉和盘子碰撞的声音，还听到了电视的声音！安迪在吃晚餐时不应该看电视，而应该讲讲今天做了什么。

　　我强烈要求立即打开这扇门！

愤怒的，

西蒙

亲爱的西蒙：

　　我不知道为什么你被锁在了地下室里。我很遗憾。

　　我认为我家的情况和你家的不太一样，我们总是在吃饭的时候看电视。不一样并不意味着更好或更坏，只是不一样而已。

　　我相信安迪会在电视节目结束后把晚餐拿给你。他非常负责任。我希望他很快把你从地下室放出来，这样我们就可以一起玩儿了！开心！一起玩儿！！

　　随信附上我的牛肝饼干。

爱你的，

野兽

寄信人地址：

西蒙的书桌

亲爱的野兽：

好吧，安迪给我送来了一些吃的当晚餐，但他送来的是鸡肉！我周一从来不吃鸡肉。周一我要吃鱼，安迪是知道的！

另外，安迪正在玩电子游戏吗？晚餐后是不允许玩电子游戏的！

快把门打开！现在就打开！

严肃的，
西蒙

亲爱的西蒙：

　　我打不开门，我没有人类那样的手指！我希望我有，那样我就可以跟安迪、诺亚一起玩电子游戏了！如果你有人类那样的手指，你打算干什么呢？

　　随信附上我的牛肝饼干。

爱你的，

野兽

14

咕噜······

咕噜······

亲爱的西蒙：

　　你能别再喵喵喵地叫了吗？！咕噜······咕噜······你吵得我头痛！咕噜······咕噜······你被关在地下室，是因为安迪的爸爸想让你和巴克斯特慢慢熟悉起来。

　　咕噜······咕噜······这是个明智的决定。咕噜······咕噜······顺便说一句，如果安迪的爸爸把你放出来，你把我吃掉······咕噜······咕噜······那我就让你的肚子剧烈疼痛！咕噜······咕噜······

诚挚的，

咕噜······咕噜······

泡泡

寄信人地址：

西蒙的书桌

亲爱的泡泡：

如果我的求救信号打扰到你了，那么我表示抱歉。但是，我被锁在地下室里了！

另外，我只是有一次想从你的鱼缸里喝水。你能不能别总是揪着这件事不放？

真诚的，
西蒙

亲爱的西蒙：

　　这是安迪的一条毯子，你睡觉的时候可以盖。还有三块牛肝饼干。还有一团多尔菲的填充物，你无聊的话可以玩它！你饿了的话，也可以吃掉它。你猜我听说了什么好消息？明天我们就可以见面了！开心！

　　随信附上我的牛肝饼干。

爱你的，

野兽

　　FTS：如果你真的不喜欢牛肝饼干，就把它们留着给我吃！你最好尝一尝！否则你会后悔的。

第三章

对不起

亲爱的西蒙：

    关于你的尾巴，我想说对不起。能见到你我非常开心！没想到你如此瘦小，我很惊讶。你的声音像狮子的吼声一样震耳欲聋，但你的个头和我的几乎一样，这太酷了！

                              爱你的，

                              野兽

寄信人地址：

西蒙的书桌

亲爱的野兽：

　　对不起？这就是你想说的吗？你不仅咬了我，还咬掉了我尾巴上的一撮毛！它们可能永远都长不出来了。你们家太过分了，明明是你攻击了我，我却被关在了地下室。

真诚的，
西蒙

亲爱的西蒙：

　　我说了对不起，那只是个意外。我们当时在玩儿，你还记得吗？当时我们边跑边玩儿，你的尾巴扫到了我的鼻子，然后我不小心咬了你的尾巴。泡泡说你的尾巴比原来更好看了，不知道这么说会不会让你开心一些。或许你也想说对不起，因为你抓伤了我的鼻子，我现在还鼻子疼呢。等你出来我们就可以一起睡觉了！开心！一起睡觉！

　　　　　　　　　　　爱你的，

　　　　　　　　　　　野兽

寄信人地址：

西蒙的书桌

亲爱的野兽：

　　不，你的安慰无济于事。

　　这个家里简直没有天理！我不能继续留在这里了。我很遗憾地通知你，我已经在纱窗上挠出了一个洞。只要洞的大小足够我钻出去，我就回家。

认真的，

西蒙

亲爱的西蒙：

　　什么？你不能回家。

　　安迪怎么办？我怎么办？我们还怎么一起玩儿？别走！

　　　　　　　爱你的，

　　　　　　　　野兽

寄信人地址：

西蒙的书桌

亲爱的野兽：

　　我已经离开了。

　　　　　　　真诚的，

　　　　　　　　西蒙

　　P.S. 照顾好安迪。另外，别再咬坏他最喜欢的毛绒玩具了！

第四章
流浪在外

亲爱的西蒙：

　　你真的回家了？你能进屋吗？你自己在家里肯定很无聊。快回来吧！

爱你的，

野兽

寄信人地址：
西蒙的书桌

亲爱的野兽：

　　不！

　　　　　　坚定的，
　　　　　　　西蒙

西蒙的书桌

亲爱的汤姆：

　　你或许听说了，安迪的妈妈本周不在家。我原本计划去安迪爸爸家借住，结果行不通，而且安迪妈妈离开时锁了门。不过没关系，这对你和我来说，可能是一个增进友谊的好机会，你觉得呢？我能和你一起住几天吗？我的要求不多——只要有一个软和的地方让我躺下休息，还有一点儿东西来填饱我的肚子就行（最好在晚上 6:05 开饭）。

真诚的，
西蒙

亲爱的西蒙：

　　真的吗？你确定想和我一起住？你知道我住在垃圾箱后面，对吧？你不介意的话，可以过来住。垃圾箱旁边的那堆树叶还挺软和的。而且，垃圾箱里常常会有食物。我并不在意你什么时候开饭。

你的朋友，

汤姆

寄信人地址：

西蒙的书桌

亲爱的汤姆：

　　你的生活方式很有趣。晚餐出乎意料地可口，非常感谢。不过，我似乎对你那里的树叶床过敏，我恐怕要另寻住处。希望很快我们能再次一起吃饭，我发现自己非常喜欢吃凤尾鱼。

真诚的，
西蒙

亲爱的西蒙:

　　如果你想再和我一起吃饭，你就得学会自己从垃圾箱里爬出来。你爬不出来的话，对我们俩来说都很尴尬。

　　我很惊讶，你居然不喜欢那张床。大家都知道你是一只不太喜欢户外的猫，也许你应该回巴克斯特家。我敢肯定你在那里比在街头要舒服得多。

　　致以诚挚的问候。

汤姆

P.S.你的尾巴怎么了？

寄信人地址：
西蒙的书桌

亲爱的汤姆：

　　我不知道你在说什么，我是可以适应户外生活的。而且，我从来没说过我不喜欢那张床，我只是说我对它过敏，这两者是有区别的。

真诚的，

西蒙

第五章
继续流浪

亲爱的西蒙：

　　蜗牛说你被锁在你家外面了，那你昨晚睡在哪儿？你没有睡在外面吧？为什么你不回来呢？安迪和他爸爸还不知道你走了，他们认为你躲在天花板上，还给你留了食物。如果你现在回来，他们就永远不会知道你离开过，而我们还可以继续一起玩儿！开心！一起玩儿！

爱你的，

野兽

寄信人地址：
西蒙的书桌

亲爱的野兽：

　　你一定要知道的话，那我告诉你，我是在汤姆住的垃圾箱旁边过夜的。我不敢相信，在我离开 20 小时之后，安迪和他爸爸竟然还不知道我离开了！我没有理由回到毫不在乎我的人身边。

真诚的，
西蒙

亲爱的西蒙：

　　你睡在汤姆那里了？我好羡慕！你们玩了些什么？你睡得好吗？听上去你有点儿暴躁。你能不能快点儿回来？我想你！

爱你的，

野兽

寄信人地址:
西蒙的书桌

亲爱的野兽:

　　我没有暴躁。我只是有些恼火！下面这组对比图展示了两者的区别。

　　汤姆带我参观了附近的街区，我们分享了一块比萨，我还在星空下打了个盹。

　　我不会回去的。我一点儿也不想你。

真诚的，

西蒙

亲爱的西蒙：

　　你为什么恼火？是不是吃比萨吃坏肚子了？还是星光太刺眼了？我敢打赌，你就是没睡好，而你在暴躁的时候会觉得自己只是有些恼火！

爱你的，

野兽

寄信人地址：
西蒙的书桌

亲爱的野兽：

　　我没有暴躁！

真诚的，
西蒙

寄信人地址：
西蒙的书桌

亲爱的臭臭：

　　你好吗？我很好。你可能听说了，安迪的妈妈本周不在家，安迪去巴克斯特家住了，所以我正在享受户外时光。臭臭，你看，我们是老朋友了，但我还从来没去过你家。我能去拜访你吗？如果你愿意，我可以这周都住在你家。

真诚的，
西蒙

亲爱的西蒙：

　　你？在户外生活？这简直无法想象。

　　现在我们差不多该睡觉了，但是你当然可以来！快来吧！我们家总有你的位置。你抓紧时间的话，也许还能听到一两个睡前故事呢。

你诚挚的，
臭臭

第六章
回来吧

寄信人地址：

西蒙的书桌

亲爱的臭臭：

　　我忘了你还有孩子。他们把小爪子放在你耳朵里，你怎么睡得着？还有，我不想抱怨，但是你的家里空气不太清新，而且你家食物也很少。我现在认为我应该不会在你家住一周。

真诚的，
西蒙

亲爱的西蒙：

　　当你有了许多孩子之后，你就会习惯睡觉时有爪子伸进你的耳朵，或者钻进你的鼻子。也许这就是为什么我不觉得家里气味难闻。请记住，我们家永远欢迎你。

你真诚的，
臭臭

　　P.S. 我的孩子们给你做了条围巾来包住你的尾巴，希望你喜欢。

亲爱的西蒙：

　　安迪现在已经知道你离开了。他爸爸仍然认为你藏在地下室的某处，但安迪发现纱窗上的洞了。他爸爸说那个洞太小了，你钻不出去，但安迪说你可以。他现在非常、非常担心你。

　　请你回来吧！

爱你的，
野兽

FTA：你现在还恼火吗？

寄信人地址：

西蒙的书桌

亲爱的野兽：

　　安迪终于注意到我离开了。或许他能吸取教训，不再把我锁在地下室里！我会考虑回你家，但不是今天。

真诚的，
西蒙

　　P.S. 我知道 FTS 的意思，但 FTA 是什么意思？

亲爱的西蒙：

　　FTA 是 Forgot To Ask（忘了问）的缩写，你不知道吗？说和问并不是一回事。

爱你的，

野兽

西蒙的书桌

亲爱的奇克斯：

　　我度过了不寻常的一周。安迪的妈妈不在家，所以我探索了附近的街区，尝试了在垃圾箱里就餐，以及在星空下睡觉。我想你已经知道，我可以很好地适应户外生活。趁我还在外面，我想去拜访你。现在去合适吗？或许我可以去你家小睡片刻。另外，你有什么吃的吗？

真诚的，
西蒙

亲爱的西蒙：

　　我从没想过你能适应户外生活。但我今天一整天都会在外面采集坚果，欢迎你去我家小睡。我在树缝里藏了一些食物，你可以随便吃。我晚上回家。

　　致以诚挚的祝福。

　　　　　　　　　　　　　　　　　奇克斯

寄信人地址:

西蒙的书桌

亲爱的奇克斯:

我觉得我有必要告诉你，今天下午你家来了一位不速之客。你可能需要寻找一个新家了。关于你的食物，我很抱歉我没能守住。

真诚的，
西蒙

P.S. 不用担心我，我着陆时总是爪子先着地。

第七章

潜入的办法

亲爱的西蒙：

你一直在四处游荡，我很难追上你。你变更地址后，请及时告诉我。我不想让你漏掉任何信件。

特工，

蜗牛

寄信人地址：

西蒙的书桌

亲爱的蜗牛：

如果我知道自己要去哪里，我会把变更后的地址告诉你！

西蒙的书桌

亲爱的蜗牛：

我想减轻你的工作负担，也想尽快回到自己家。遗憾的是，我家的大门是锁着的。但或许你可以帮我，我知道你做过一些秘密的工作。你肯定知道如何潜入上锁的建筑物。你能潜入我家吗？你能把门打开吗？

真诚的，
西蒙

亲爱的西蒙：

    我会去你家门口和你碰面。看看我
们能做些什么！

                                        特工，
                                          蜗牛

亲爱的西蒙：

　　你闻到了吗？暴风雨就要来了。我不喜欢暴风雨，一点儿也不喜欢。我有一件在暴风雨天穿的特殊皮夹克。但现在还没有人来帮我穿上它，我希望他们会给我穿上。

　　我也希望你回来。我很担心你，安迪也很担心你，就连他爸爸和泡泡都很担心你。求你回来吧！

爱你的，
野兽

　　P.S. 看！我用 P.S. 代替 FTS 了，也努力把字写工整了，因为我知道你很在意这些。所以，你是不是可以回来了？

寄信人地址：

西蒙的书桌

亲爱的野兽：

　　我不担心暴风雨。

　　你写字确实有进步，但还需要努力。

真诚的，

西蒙

亲爱的西蒙：

　　我听说你正在试图潜入你家。我知道你怎样才能进去。我可以告诉你办法，不过需要一些报酬……

埃德加·艾伦·乌鸦

亲爱的西蒙：

很高兴能跟你做交易。如果你想进入你家，只需要爬上屋顶，然后顺着烟囱滑下去，就像圣诞老人那样！你最好赶快行动，因为暴风雨就要来了。

哎呀，那是龙卷风警报吗？我最好找个地方躲起来。

埃德加·艾伦·乌鸦

第八章
暴风雨

亲爱的西蒙：

　　你必须立刻回来。咕噜……咕噜……巴克斯特被暴风雨吓坏了。咕噜……咕噜……安迪也吓坏了，因为他觉得你迷路了，咕噜……咕噜……他想出去找你。咕噜……咕噜……你不想让安迪冒着危险出去，对吧？咕噜……咕噜……快回来！咕噜……咕噜……现在就回来！

　　　　　　　　　　　　诚挚的，
　　　　　　　　　　咕噜……咕噜……
　　　　　　　　　　　　　　泡泡

咕噜……

咕噜……

亲爱的西蒙：

　　我准备回家躲避暴风雨了，我建议你也这样做。在暴风雨结束之前，请不要叫我出来。我知道！我知道！无论是大雪、大雨、高温，还是黑暗的夜晚，都不能阻挡我送信。

　　但是，我可没说过龙卷风来了还要送信！

特工，
蜗牛

还是

亲爱的西蒙：

开心！你回来了！我现在感觉好多了，安迪也是。你能感觉到吗？他的心跳已经平稳了。

嘿！你觉得这部电影怎么样？挺好看的，对吧？还有，谢谢你把掉在地板上的爆米花都让给我吃。你真是我的好朋友。

爱你的，
野兽

寄信人地址：

西蒙的书桌

亲爱的野兽：

　　我当然能感觉到安迪的心跳平稳了。我现在就躺在他身边，就像你一样。

　　这部电影还不错。既然我把所有爆米花都让给你了，那你能不能再给我一块牛肝饼干？你不会介意吧？

真诚的，
西蒙

亲爱的西蒙：

　　我以为你不喜欢牛肝饼干呢。
　　随信附上我的牛肝饼干。

野兽

寄信人地址：

西蒙的书桌

亲爱的野兽：

　　我越来越喜欢这种饼干了。

真诚的，
西蒙

第九章
终于回家了

亲爱的西蒙:

　　我重建了我的家。来我的新家做客吧!

　　致以诚挚的祝福。

奇克斯

寄信人地址:

西蒙的书桌

亲爱的奇克斯:
　　我会去的,在未来的
某一天,但不是今天。

真诚的,
西蒙

68

亲爱的西蒙：

　　你还好吧？刚刚的暴风雨可真猛烈。我这里一切都好。如果你需要一个住处，我家大门永远向你敞开。虽然我的孩子们可能会把爪子伸进你的耳朵，但是我们非常欢迎你。

你真诚的，
臭臭

寄信人地址：
西蒙的书桌

亲爱的臭臭：
　　谢谢你，我对现在的住处很满意。

真诚的，
西蒙

亲爱的西蒙：

　　我想告诉你，垃圾箱里又有了一块凤尾鱼比萨，你可以来吃！我不知道晚上6：05的时候它是否还在，但现在它在那里。

　　致以诚挚的问候。

汤姆

寄信人地址：

西蒙的书桌

亲爱的汤姆：

　　谢谢你，但是我今天很忙。

真诚的，
西蒙

亲爱的西蒙：

　　开心！我们终于在一起玩儿了！我早就说过我们会玩得很开心！你可以爬到窗帘上，这真是太酷了！我希望我也能做到。你的爪子真神奇！

　　谢谢你替我在小熊和斯克鲁菲身上撕开了洞。小熊的填充物不好吃，但斯克鲁菲的填充物是我这辈子吃过的最好吃的东西！

　　你回家之后，我家很安静。我想你了，你也想我吗？

　　随信附上我的牛肝饼干。

爱你的，

野兽

寄信人地址：

西蒙的书桌

亲爱的野兽：

我们确实玩得很开心。你知道外出最美妙的一部分是什么吗？是回家！

说"我想你"可能有点儿夸张，但或许我们的共同点比我原先以为的多。

你的朋友，
西蒙

亲爱的西蒙：

那当然！安迪就是我们的共同点。

所以……什么时候我能去你家玩儿？

随信附上我的牛肝饼干。

爱你的，
野兽

DEAR BEAST: SIMON SLEEPS OVER

Text copyright © 2022 by Dori Hillestad Butler

Illustrations copyright © 2022 by Kevan Atteberry

This edition arranged with HOLIDAY HOUSE PUBLISHING, INC.

through BIG APPLE AGENCY, INC., LABUAN, MALAYSIA.

Simplified Chinese edition copyright © 2024 by Beijing Science and Technology Publishing Co., Ltd.

All rights reserved.

著作权合同登记号　图字：01-2023-3854

图书在版编目（CIP）数据

一封来自猫咪的战书．4，有家不能回 /（美）多里·希勒斯塔·巴特勒著 ；（美）凯万·阿特贝里绘 ；曹加瓦译．—北京：北京科学技术出版社，2024.1（2024.3重印）

书名原文：Dear Beast : Simon Sleeps Over

ISBN 978-7-5714-3302-4

Ⅰ．①一⋯　Ⅱ．①多⋯　②凯⋯　③曹⋯　Ⅲ．①儿童故事－作品集－美国－现代　Ⅳ．① I712.85

中国国家版本馆 CIP 数据核字（2023）第 202463 号

策划编辑：刘珊珊　周泽南		**电　话：**0086-10-66135495（总编室）		
责任编辑：代　艳		0086-10-66113227（发行部）		
责任校对：贾　荣		**网　址：**www.bkydw.cn		
封面设计：田丽丹		**印　刷：**北京宝隆世纪印刷有限公司		
责任印制：张　良		**开　本：**880 mm×1230 mm　1/32		
出 版 人：曾庆宇		**字　数：**30 千字		
出版发行：北京科学技术出版社		**印　张：**2.375		
社　址：北京西直门南大街 16 号		**版　次：**2024 年 1 月第 1 版		
邮政编码：100035		**印　次：**2024 年 3 月第 2 次印刷		
ISBN 978-7-5714-3302-4				

定　价：30.00 元